LE COMTE DE CHAMBORD

DÉFENDU PAR L'HISTOIRE

CONTRE

LES INSULTES

DU

COURRIER DE LA BOURSE,

DE BERLIN,

ET DU

FREMDENBLATT,

DE VIENNE.

VIENNE 1871.
IMPRIMERIE DE L'EDITEUR ALEX. EURICH.

M. de Voltaire, cet infernal génie du mensonge, a écrit quelque part dans ses œuvres une parole malhonnête et plus digne de Satan que de l'homme. „Mentez, mentez toujours, a-t-il dit; il en reste „quelque chose." Le *Courrier de la Bourse* et le *Fremdenblatt* doivent bien certainement connaître cette vieille maxime de Gavroche; car ils la mettent souvent en pratique, tantôt contre le Pape et le sacerdoce, tantôt contre la religion, tantôt contre les princes qui méprisent certaines insultes et n'achètent jamais la flatterie. Si Pascal Grousset, l'ex-citoyen ministre de la Commune pour les pétrolisations extérieures, avait connu ces deux gazettes, il en aurait peut-être fait les *Moniteurs officiels* de sa politique à l'étranger. Quel moderne enfant d'Israël, ayant une plume et deux idées, a jamais refusé de servir un homme d'Etat, fût-il ministre de l'ex-empereur Théodore, qui a besoin d'une prose et la paye largement en bonne monnaie du jour! C'est du moins ce qu'on n'a jamais vu à Vienne et à Berlin.

Le comte de Chambord ne pouvait donc échapper au dard pestilentiel de ces deux vipères. Mais, fort heureusement, la piqûre de cette espèce de vivipares n'est point mortelle. Ce qui rampe ne saurait mordre plus haut que le talon, et le venin maladroitement distillé retombe dans la boue, d'où il était sorti. C'est là comme une première punition que la nature même de l'être rampant inflige presque toujours au calomniateur. Je vais en infliger une seconde au mystérieux auteur de l'article publié par le *Courrier de la Bourse* et reproduit par le *Fremdenblatt*, en lui démontrant avec des preuves incontestables qu'il a menti sciemment et volontairement, qu'il a outragé lâchement et avec intention un noble prince français, qu'il n'est pas, comme on pourrait le croire, l'imbécile écho d'un bruit répandu dans le monde ou dans les gazettes, mais l'inventeur plus ou moins intéressé de ses misérables calomnies. Dans les temps de sanglantes discordes où nous vivons, il y a des mensonges qui sont de véritables crimes. Je n'ai pas besoin d'un mandat pour les dévoiler et les flétrir; ma conscience d'honnête homme me suffit. Un autre recherchera le calomniateur dans la boue politique, où il doit croupir. Si ce n'est pas un Communard, il était digne de l'être. Entrons maintenant dans la fange littéraire du journal berlinois.

Et d'abord, il convient de dire que le pamphlétaire anonyme du *Courrier* semble s'être proposé deux buts, en parlant avec une ignorance peut-être calculée des *prétendants à la couronne de France*, jeter toutes sortes d'injures à la tête du comte de Chambord et arroser de suaves parfums la Maison d'Orléans. Un éloge pompeux côtoyant une odieuse calomnie, ce n'est pas habile pour un flatteur. L'illustre race de Henri IV doit se sentir profondément humiliée par l'insulte brutale faite à son auguste chef; car l'outrage lancé contre le principal membre d'une famille atteint ordinairement toute la maison, malgré les éloges prodigués à quelques-uns. La seule manière de protester contre un pareil insulteur, c'est de mépriser les coups d'encensoir.

Voici une autre remarque beaucoup moins grave, mais qui me paraît avoir une certaine importance au milieu du chaos des idées régnant en bien des esprits. Le *Fremdenblatt*, qui n'est pas plus fort en histoire qu'en politique et en généalogie, daigne saisir cette occasion pour apprendre à ses lecteurs que „la France a deux familles *légitimes*, „les Bourbons et les d'Orléans, qui ont l'expectative „(*Anwartschaft*) du trône." Cette phrase ne brille point par une excessive clarté. Toute famille est nécessairement légitime, lorsqu'elle n'est point bâtarde. Quant au droit de porter légitimement la couronne de saint Louis, il n'y a à cette heure en France qu'un seul prince qui le possède et puisse le posséder, c'est le comte de Chambord. Les d'Orléans ne sont que des princes du sang royal, simples sujets de la république ou de M. Thiers, depuis l'abolition des lois de bannissement qui pesaient sur toute leur famille. Le Roi seul n'est sujet de personne; il est le père de son peuple et ne doit compte de ses actions qu'à sa conscience et à Dieu; mais il est tenu d'observer les lois fondamentales de la monarchie, qu'il n'a ni le droit, ni le pouvoir de changer ou de modifier sans le consentement de la nation. Cela nous explique peut-être pourquoi le comte de Chambord ne veut et ne peut rentrer publiquement en France et y prendre son domicile officiel que comme souverain. Il ne sera point élu, mais proclamé, puisqu'il est le successeur légitime de Charles X et de Louis XIX, qui fut Roi de droit, sinon de fait. En France, lorsqu'un Roi meurt, on crie: Vive le Roi! Et aussitôt le souverain légitime paraît.

Il n'y a donc pas dans ma patrie deux *familles légitimes* qui aient *l'expectative* du trône; il n'y a qu'un futur Roi et des princes du sang. Tout autre principe monarchique ou républicain n'est pas le droit, c'est la révolution; sanglante chose qui a commencé par démolir une bastille et qui vient d'incendier Paris. Hélas! que de sang, de cadavres et de ruines, depuis 1789, pour faire sortir un gouvernement moderne des bas-fonds de la société et ne produire finalement qu'une effroyable confusion dans les idées, un quelque chose qui ressemble au chaos de l'enfer! Mais aussi quelle terrible responsabilité pèse devant Dieu et devant les hommes sur les intrigants, les utopistes et les ambitieux, princes, bourgeois ou prolétaires, qui nous ont amené tant de désastres ! Ils ont tous régné pour corrompre et corrompu pour régner, c'est pourquoi ils ont passé comme des fléaux. La liberté fut leur mot d'ordre ; leur gouvernement n'était parfois qu'un brutal despotisme, qu'une anarchie de bêtes féroces. Cela me fait honte et horreur. Passons.

„Le **seul** rejeton qui reste encore de la branche „aînée des Bourbons, dit le pamphlétaire du *Courrier-Fremdenblatt*, c'est le comte de Chambord, „petit-fils de Charles X et fils du duc de Berry „assassiné par Louvel." Mais que faites-vous donc des Bourbons d'Espagne, de Naples et de Parme, qui descendent tous directement de Louis XIV, en dépit des renonciations et des traités d'Utrecht? Je ne veux pas résoudre ici de ma propre autorité la délicate question de succession au trône, je ne touche qu'à une simple question de généalogie. La France décidera le première ; tout écrivain peut parler librement de la seconde. Je me bornerai à dire pour le moment que le comte de Chambord est l'aîné de toute son auguste race, dont la plupart des membres sont doublement français par le sang qui coule dans leurs veines. Voilà l'exacte vérité.

„Le duc de Berry était mort **sans enfants,** „comme le duc d'Angoulème." Quel est donc le père du comte de Chambord? Et de qui était fille Madame la duchesse de Parme, Louise-Marie-Thérèse de Bourbon, née le 21 septembre 1819? Le duc de

Berry eut encore deux enfants, une fille et un garçon, qui moururent peu de temps après leur naissance. La fille vint au monde le 13 juillet 1817, et
le garçon naquit le 13 septembre 1818; date né-
faste pour la maison de Bourbon et pour la France,
qui devait revenir plus tard avec une sorte de fata-
lité. Ce fut au sujet de la naissance de **Mademoiselle** que le duc de Berry dit à son auguste épouse,
qui se plaignait de n'avoir pas donné un héritier
au trône de France: „Ne vous désolez point, ma
„chère amie; si c'était un garçon, **les méchants di-
„raient qu'il n'est pas à nous,** tandis que per-
„sonne ne nous disputera cette chère petite fille.“
Triste pressentiment des infâmes calomnies, qui
essayeraient plus tard de frapper le comte de Chambord et Madame la duchesse de Berry, l'un dans
sa royale descendance, l'autre dans son honneur de
femme et de mère! Le duc de Berry ne mourut
donc pas *sans enfants,* selon les affirmations calom-
nieuses du *Courrier-Fremdenblatt.*

Mais ce n'est pas tout. Voici une parole authentique, entendue par bien des témoins et répétée
dans toute la France. Déjà, au commencement du
mois de février 1820, le bruit de la mort du duc
de Berry se répandait à Londres, et des lettres ano-
nymes contenant d'effroyables menaces étaient presque chaque jour adressées au prince lui-même. Dans
un repas maçonnique, qui eut lieu vers cette épo-
que à la Loge de Nîmes, rue de la Fontaine, le

nommé C.h...s (¹) buvait à la santé d'un assassin encore inconnu ; et même dans un bal somptueux, où assistèrent le prince et la princesse (12 février), le maître de la maison faisait distribuer de petits couteaux aux femmes par plaisanterie et en même temps pár allusion à une pièce de théâtre (les *Petites Danaïdes*) qui égayait alors tout Paris. Il semblait qu'il y eût dans les airs un poignard invisible, dont la pointe était déjà sur le cœur du prince, et la poignée partout où il y avait une passion révolutionnaire. Enfin, le crime fatal est consommé (²). L'assassin a jeté une dernière injure à sa victime mourante, qui dit à la princesse cette parole entendue par de nombreux témoins (³): „Mon amie, ne vous laissez

---

(¹) Ce nom et ce fait m'ont été révélés, il y a bien longtemps, par un témoin oculaire et franc-maçon. Je l'ai déjà publié dans un autre écrit, lu par C.h...s qui s'est bien gardé de crier à la calomnie. Du reste, il est de notoriété publique qu'en général les adeptes de la franc-maçonnerie aiment fort peu les Bourbons, parce qu'ils sont les protecteurs naturels du Pape et de la religion catholique.

(²) La mort du duc de Berry causa une telle douleur dans la capitale, que le roi, se rendant à cinq heures du matin auprès de son neveu, fut accueilli sur son passage par un bruit de sanglots et de larmes, dit un historien du temps. Et il ajoute: „En retournant à son palais, à six heures et demie, „on peut dire qu'il traversa la douleur de son peuple; car une „foule immense, qui avait passé la nuit sous les fenêtres de la „salle, où agonisait le prince, venait d'apprendre sa mort." Il y eut dans toute la France un long gémissement. L'indignation et la douleur furent générales.

(³) Il y avait, entre autres, le duc d'Orléans, Madame la duchesse et Mademoiselle d'Orléans, qui se trouvaient à côté du prince.

„pas accabler par la douleur; **ménagez-vous pour**
„l'enfant que vous portez dans votre sein."

A cette révélation inattendue et faite par
le prince quelques heures avant sa mort, il y eut
un mouvement de surprise dans l'assistance. Tous
les cœurs tressaillirent, un éclair d'espérance brilla
dans tous les yeux. A côté de cette tombe si rapidement creusée par un scélérat, un berceau venait
d'apparaître. Le duc de Berry, déjà à demi enve-
loppé par les ombres de la mort, semblait en être
sorti une dernière fois pour prononcer une parole de
vie à sa race. C'est ainsi qu'au milieu de ces ténèbres
sanglantes qui s'épaississaient fatalement sur l'auguste
famille de Louis XIV, on vit percer comme un rayon
d'avenir. Le crime de Louvel allait devenir un
inutile forfait. Le sauveur, destiné par la Providence
pour relever ma patrie de ses ruines et de ses
désastres, était déjà depuis six semaines dans le
sein de sa mère, et il y resta jusqu'au 29 septembre
1820, mystérieusement gardé par le Ciel, malgré
plusieurs tentatives de crime faites par deux ou trois
autres scélérats. Qui ignore l'histoire des pétards?
Il n'est donc pas vrai de dire que le duc de Berry
mourut *sans enfants*.

Mais le pamphlétaire du *Courrier-Fremdenblatt*
a sans doute prévu la réponse bien facile qu'on
pourrait lui faire, en écrivant seulement le nom
du comte de Chambord; car il se hâte d'ajouter:
„Le *mystère* (!!!) qui plane sur la naissance de

„ce fils (le prétendant actuel comte de Chambord),
„né sept mois après l'assassinat du duc de Barry; ce
„*mystère n'est point encore éclairci.* Ce fils passa
„pour **illégitime,** ou pour un enfant **substitué**
„(*untergeschoben*), selon l'opinion des personnes
„un peu plus indulgentes." Comment! un enfant ne
peut pas naître sept mois, huit mois et même plus,
après la mort de son père! C'est pourtant ce qu'on
voit arriver tous les jours dans un très grand nombre
de famille. Beaucoup d'Allemands et de Français,
morts dans cette dernière guerre, bien des Com-
munards fusillés à la prise de Paris ne laisseront
peut-être à leur veuve qu'un enfant posthume pour
tout héritage. Et qui songera à faire planer le
moindre mystère sur la naissance de ces pauvres
orphelins? Qui aura le courage d'insulter leur mère
et de les traiter de bâtards? Il est vrai que tous
les enfants posthumes n'ont pas la charge un peu
lourde d'être un jour rois; il est vrai aussi que la
haine ou l'ambition ne s'agite pas autour d'un berceau
inconnu. Convenez donc que vous êtes un infâme
détracteur. Le seul mystère qu'il y ait ici, c'est
l'origine un peu suspecte de votre pamphlet.

„Ce fils passa pour *illégitime* ou pour un
enfant *substitué* (¹)." Je sais bien qu'à la nais-

(¹) La même calomnie fut autrefois répandue contre la
naissance d'un très haut personnage. On alla jusqu'à dire qu'il
était fils d'un geôlier de Florence, Lorenzo Chiapini. C'était
faux. Les calomniateurs le savaient bien. (Voir les *Mémoires* de la
princesse Stella.) N'a-t-on pas aussi vu paraître en France,
en Allemagne, en Italie et même en Amérique, depuis soixante
ans, plusieurs douzaines de ducs de Normandie, se disant tous

sance du duc de Bordeaux, si justement surnommé par le peuple *l'Enfant du miracle*, il y eut dans un certain monde révolutionnaire des paroles haineuses, stupides et malveillantes, funeste indice d'ambitions mal contenues. On alla même jusqu'à publier dans un journal de Londres une misérable protestation anonyme contre cette naissance royale. L'insulteur du jeune prince osait dire que personne n'avait assisté à l'accouchement, ce qui aurait été contraire à un ancien usage de la Cour. Mais cette protestation fut regardée par toute la France comme une infamie; c'était lâche et odieux. Le mépris de tous en fit justice. Quant au coupable, il ne fut jamais bien connu. Pourtant un très haut personnage crut devoir se justifier publiquement de la terrible accusation qui pesait sur lui. C'était presque s'avouer l'auteur ou le complice d'une mauvaise action. Le Roi l'avait reçu avec une froide sévérité, mais il l'écouta avec bonté (¹). Le pamphlétaire du *Courrier - Fremden-*

---

imperturbablement fils de Louis XVI? Il y a toujours eu des intrigants et des pervers sur la terre; il y en aura toujours, tant que le monde existera.

(¹) Le duc d'Orléans savait parfaitement bien à quoi s'en tenir sur la fable de cette substitution. Le jour même de la naissance du duc de Bordeaux, Son Altesse Sérénissime avait fait auprès du duc d'Albufera une démarche qui ne pouvait lui laisser aucun doute. „M. le maréchal, lui dit le duc d'Orléans, „je connais votre loyauté. Vous avez été témoin de l'accouche-„ment de Madame la duchesse de Berry. Est-elle réellement „mère d'un prince?“ — Le duc d'Albufera répondit: „Aussi „réellement que Votre Altesse est père de M. le duc de Chartres,“ — „Cela me suffit, M. le maréchal.“ Telle fut la conclusion de cet entretien, après lequel M. le duc d'Orléans put présenter à sa nièce des félicitations, qui, au mérite d'être vives et empressées, joignaient sans doute celui d'être sincères.

blatt ne doit pas ignorer une chose connue de toute la France, depuis cinquante ans. Mais laissons pour un instant les calomniateurs et racontons. La vérité les confondra. Quoique je n'ai pas assisté à la naissance du comte de Chambord, je vais dire ce qui eut lieu, et comment la chose se passa. Ici, je me borne presque à copier l'histoire. Aussi bien, tout raisonnement me paraît superflu devant un fait incontestable et authentiquement prouvé.

Dès le 28 septembre (1820), toutes les mesures avaient été prises pour l'accouchement de Madame la duchesse de Berry, et l'on n'avait omis aucune précaution. La nourrice était au château. Elle s'appelait Madame Bayard, nom d'un favorable augure. Depuis plusieurs jours, le maréchal duc d'Albufera, désigné par le Roi pour être témoin de la naissance, couchait aux Tuileries. L'intention de Madame la duchesse de Berry était de faire placer son lit dans le salon; mais elle n'en eut pas le temps. Cependant rien n'annonçait encore que l'événement fut si proche. Le Roi lui-même avait dit le 28 septembre, à neuf heures du soir: „Je ne crois pas, que Madame la „duchesse de Berry accouche avant cinq ou six „jours. “

Madame de Vathaire, première femme de chambre de Son Altesse Royale, et Madame Bourgeois, femme de chambre ordinaire, venaient de se retirer, lorsque vers les deux heures et demie du matin elles furent réveillées par la voix de la princesse, qui criait: „Madame Bourgeois, vite, vite! il n'y a pas „un moment à perdre!“ Madame de Vathaire courut en toute hâte avertir l'accoucheur Deneux, Madame la duchesse de Reggio et Madame la vicomtesse de Gontaut. Pendant ce temps-là, Madame Bourgeois recevait l'enfant: c'était un prince.

Lorsque Deneux entra, quelques instants après, Madame la duchesse de Berry lui dit: „Monsieur „Deneux, nous avons un prince. Je suis bien. Ne vous „occupez pas de moi, mais soignez mon enfant. N'y „a-t-il pas du danger à le laisser dans cet état?“ Deneux répondit: „L'enfant est très-fort; il respire „librement; il est si bien qu'il pourrait rester ainsi „jusqu'à la délivrance, lors même qu'elle n'arri-„verait que dans une heure.“ — „En ce cas, dit „la duchesse, laissez-le. Je veux qu'on le voie „tenant encore à moi, qu'il est bien le mien.“ Elle demande alors des témoins. Un garde de **Monsieur** se présenta. „Vous ne pouvez pas, lui dit la princesse; „vous êtes de la maison. Qu'on aille chercher des „gardes nationaux.“ Pendant qu'elle parlait ainsi Madame de Reggio et Madame de Gontaut entrè-rent dans la chambre. „C'est Henri!“ leur dit Son Altesse Royale.

Bientôt après, on admit MM. Lainé, Paigné, Dauphinot et Triozon-Sadony, gardes nationaux de la 9e légion. „Messieurs, leur dit la duchesse, „vous êtes témoins que c'est un prince. Voyez, il n'est „point encore séparé de sa mère.“ Elle répéta la même phrase au duc d'Albufera, qui survint quelques minutes après. Et ce ne fut que lorsqu'il eut vérifié lui-même et de ses propres yeux ce que lui disait la princesse que Deneux enleva l'enfant. Le maréchal ne put s'empêcher d'exprimer tout haut l'admiration que lui inspirait un si rare courage.

Cependant la famille royale était arrivée. Cette joie, qui lui survenait après tant de douleurs, l'avait comme enivrée. Forte contre le malheur, elle n'était point préparée aux événements heureux. L'habitude lui manquait pour supporter le bonheur. **Monsieur**, **Madame** et le duc d'Angoulème félicitaient la princesse et se félicitaient entre eux, lorsqu'on annonça le Roi. „Dieu soit béni! s'écria-t-il; vous avez un fils.“ En même temps, Louis XVIII prenait dans ses bras l'enfant par qui devait vivre son auguste race; puis, se faisant apporter la gousse d'ail et le vin de Jurançon, offerts peu de temps auparavant par les dames de la halle de Bordeaux, il introduisit le nouveau-né dans son rôle de Henri IV, en lui frottant les lèvres avec la gousse d'ail et humectant sa bouche de quelques gouttes du vieux Jurançon. Le futur Roi de France devait suivre en toutes choses les traces de son auguste aïeul; il ne pouvait forligner.

Tout Paris dormait encore à cette heure. Mais la sensation fut vive et profonde, quand on se réveilla au bruit des vingt-quatre coups de canon annonçant la naissance de ce prince tant désiré, que l'imagination publique espérait et qu'elle entrevoyait déjà comme un sauveur. La sombre nuit du 13 février avait plongé la France entière dans le deuil, celle du 29 septembre apparaissait comme étincelante de joie. Pendant que le canon faisait son joyeux office de messager, on voyait la capitale s'illuminer sur plusieurs points. C'étaient les casernes qui fêtaient le jeune prince à son entrée dans la vie. L'allégresse régnait dans tout Paris.

Il était six heures du matin. Des groupes nombreux se formèrent sous les fenêtres de Madame la duchesse de Berry. De temps à autre, on montrait l'enfant à travers les vitres des croisées. Puis, on voyait une blanche figure de femme en habillement de nuit passer et repasser devant les fenêtres: c'était Madame la duchesse d'Angoulème. La famille royale avait été surprise par son bonheur dans le sommeil, comme elle avait été naguère surprise par la sanglante catastrophe du 13 février. C'était la nuit de la joie après la nuit du deuil. La rue de Rivoli offrait un singulier spectacle. Les inconnus s'y connaissaient, et toute la ville se trouvait là, à moitié vêtue, croyant continuer son rêve sous les croisées de ce palais, témoin de tant d'infortunes et renfermant à cette heure l'avenir de la France, peut-être son unique salut.

Madame la duchesse de Berry ordonna de laisser entrer dans sa chambre tout ce qu'il y avait de militaires au château. Il s'agissait de visiter le petit-fils de Henri IV et de Louis XIV, le fils de cette

race guerrière, dont la forte épée avait taillé peu à
peu à la France une large place sur la carte de
l'Europe. La gloire devait avoir ce jour-là un droit
de préséance. Il y eut de touchantes paroles, dites
par les militaires. „Je te bénis, lui dit un vieux
„grenadier, et je fais un engagement de six ans de
„plus." C'était un Vendéen qui avait servi sous Les-
cure et Cathelineau. Un soldat, couvert de blessures
et ayant trois chevrons, s'écrie avec tristesse : „Ah!
„mon prince, pourquoi suis-je si vieux! Je ne pourrai
„pas servir sous vos ordres." Madame la duchesse lui
répondit : „Rassure-toi, mon brave; il commencera
„de bonne heure." Hélas! c'était un rêve de mère,
qui ne croit pas qu'on puisse renverser une dynastie
comptant huit siècles de légitimité et s'appuyant sur
l'amour de tout un peuple! (¹) „Il est bien l'enfant
„de l'armée, dit un autre vieux soldat; il est né
„au milieu des sabres et des bonnets de grena-
„diers. C'est mon capitaine qui a été sa première
berceuse."

Enfin, à neuf heures et demie, les princes et
les princesses du sang vinrent présenter leurs félicitations à Madame la duchesse de Berry. On re-

---

(¹) Bien des fois, pendant sa grossesse, Madame la
duchesse de Berry avait exprimé la même pensée sous des
formes différentes ; car elle annonçait toujours avec assurance
qu'elle mettrait au monde un fils. Lorsqu'elle apprit la révolution de Naples, et après le premier moment donné à la
douleur, elle s'écria: „C'est fâcheux; mais *je porte dans mon*
„*sein un prince qui pourra relever à Naples le trône de ma*
„*famille.*"

2

marquait parmi eux toute la famille d'Orléans. A onze heures, il y eut grande réception aux Tuileries. La foule était si grande que le Roi eut de la peine à sortir des salons, lorsqu'il alla dans la chapelle avec toute la famille royale rendre grâce à Dieu de ce mémorable événement. Les jardins et les terrasses disparaissaient sous un immense flot de monde, qui criait comme avec une seule bouche et un seul cœur: Vive le Roi! L'unité nationale était vraiment ce jour-là une réalité.

Dans l'après-midi, la princesse voulut se lever et présenter elle-même son fils au peuple. Les médecins eurent beaucoup de peine à la dissuader d'une résolution qui pouvait lui être funeste. Le cœur des mères a parfois des instincts prophétiques. Elle semblait sentir la nécessité de faire adopter par le peuple cet orphelin, à qui le poignard du 13 février n'avait point laissé de protecteur. Obligée de céder aux sollicitations des personnes qui l'entouraient, elle voulut au moins qu'on roulât son lit jusqu' à la fenêtre; et là, se soulevant à demi, elle montra son fils à la population immense qui se pressait devant le château. L'enthousiasme fut grand à cette vue. Deux fois, la princesse voulut renouveler cette scène; sa joie lui donnait des forces. Mais elle éprouva une espèce de défaillance; et comme on lui présentait une potion calmante: „Merci", dit-elle, en saluant la foule, dont les acclamations d'amour montaient jusqu' à elle; „ce bruit-là est le meilleur calmant."

L'expression de la joie fut aussi vive et aussi générale que la joie elle même, dans Paris et dans toutes les villes du royaume. Les poètes et les chansonniers célébrèrent eux-mêmes la naissance du duc de Bordeaux comme un événement mémorable. Victor Hugo (¹), Lamartine(²), Janin, Michelet, Désaugiers, Crosnier, Merle, Châteaubriand et beaucoup d'autres se mirent à chanter *l'Enfant de la France.* Le Nonce, portant la parole au nom du corps diplomatique, vint féliciter le Roi. Son discours ressemble à une prophétie. „Voici, dit-il en montrant le duc de „Bordeaux, le grand bienfait que la Providence la plus „favorable a daigné accorder à la tendresse paternelle „de Votre Majesté. Cet enfant de douleurs, de sou- „venirs et de regrets est aussi *l'Enfant de l'Europe.* **„Il est le présage et le garant de la paix et du „repos qui doivent suivre tant d'agitation."** Cette parole était remarquable. Le comte de Chambord représente, en effet, un grand principe. Toutes les lettres des souverains exprimèrent la même pensée. L'empereur Alexandre écrivait au Roi de France: „La naissance du duc de Bordeaux est un événement „que je regarde comme très heureux *pour la paix de „l'Europe,* et qui porte de justes consolations au sein „de votre famille. Je prie Votre Majesté de croire

---

(¹) Dans une ode sublime, ce poète appelait le duc de Bordeaux un *nouveau Joas, donné par le Dieu de la victoire.* Voir cette ode à la fin de l'opuscule. Cela vaut mieux que les *Misérables:* c'est poétique et français.

(²) Cet illustre poète disait dans une ode immortelle que le duc de Bordeaux était *l'Enfant du miracle, un Moïse nouveau.* Voir à la fin cette ode de Lamartine: on dirait un chant.

„que je ratifie le titre *d'Enfant de l'Europe,* dont on
„a salué Mgr. le duc de Bordeaux."

Le *Journal des Débats,* dont le dévouement
à la branche aînée de la Maison de Bourbon
était alors fort grand, ne fut que l'organe de l'immense majorité des Français, lorsqu'il écrivait au
sujet de la naissance du duc de Bordeaux: „Jeune
„enfant, objet de tant d'amour et de vœux, puissiez-
„vous avoir les qualités aimables de votre père, sa
„bonté, sa bienfaisance et son affabilité! Mais puisse
„votre destinée être plus heureuse! **Vous nous
„apparaissez dans nos orages politiques, comme
„l'étoile apparaît en dernier signe d'espérance
„au matelot battu par la tempête."** On dirait
ici une vision de l'avenir. L'amour est quelquefois
prophète. Le même journal continue: „Qu'autour de
„votre berceau viennent se rallier les efforts des gens
„de bien! Contre ce berceau sacré que tous les efforts
„des méchants viennent échouer! Croissez pour imiter
„les vertus de la noble famille qui vous entoure!
„Croissez pour consoler une mère qui vous a conçu
„dans la douleur! Croissez pour rendre heureux un
„peuple qui vous reçut avec tant de joie!"

Arrêtons ici cette longue page d'histoire,
joyeuse comme un beau rêve et pleine de l'amour
de tout un peuple. Maintenant, je demanderai à tout
homme de bonne foi ce qu'il faut penser de la
misérable calomnie, publiée par le *Courrier-Fremdenblatt:* le comte de Chambord est un *enfant substitué.*

D'après tout ce que j'ai dit, l'histoire à la main, jamais naissance n'a été plus authentiquement constatée que celle du duc de Bordeaux, puisque de nombreux témoins, pris dans toutes les classes de la société, l'ont vu pendant une heure attaché et tenant encore à sa mère. Pour tout homme de bon sens, c'est le fait le plus authentique et le mieux prouvé de l'histoire moderne. Mais les passions sont aveugles, et les aveugles nient l'authenticité du soleil.

Quant à cette expression d'enfant *illégitime,* c'est une insulte de quelque Gavroche en goguette; je n'y répondrai pas. Le mépris seul doit en faire justice. Voici un autre mensonge que je dois réfuter.

„Le ministère Richelieu voulait acheter pour le „prince, pour *l'Enfant de la France,* le domaine de „Chambord au nom de la nation; mais il dut renoncer „à son projet par suite d'une opposition de l'opinion „publique. Il se forma alors une association de légiti-„mistes, qui acheta ce domaine et le donna au prince, „le jour de son baptême, le 1 mai 1821." Il y a ici bien des erreurs qu'il importe de relever. Voici ce qui se passa.

Peu de jours après la naissance du duc de Bordeaux, M. de Calonne, ancien officier, fourrier des logis de la maison du Roi, fit la proposition d'offrir Chambord à l'enfant royal, au nom de toutes les communes du royaume. „Je propose, écrivait-il, que „le domaine et le château de Chambord, unique monu-

„ment encore entier du siècle de François I, soient „achetés au nom des quarante mille municipalités du „royaume; que ce monument, le seul qui ait échappé „intact au vandalisme révolutionnaire, prenne le nom „du prince, objet de nos plus chères espérances, et „lui soit donné en apanage." On peut dire sans exagération que toutes les communes se levèrent à la fois pour répondre à cet appel. Les nombreuses listes furent bientôt couvertes de noms, depuis les plus obscurs jusqu'aux plus illustres. C'était un gage de dévouement que chacun voulait offrir au duc de Bordeaux.

Ce noble château, construit par ordre de François I et sous la direction du Primatice, avait été successivement l'asile du roi Stanislas et de ses malheurs, l'apanage du maréchal de Saxe et de sa gloire; puis, il avait été donné par Napoléon au prince de Wagram. A la mort de ce dernier, la princesse sa veuve demanda à Louis XVIII l'autorisation de vendre Chambord; autorisation qui lui fut immédiatement accordée. Le baron Louis était ministre des finances. Déjà, la Bande noire, qui faisait la guerre aux vieux castels, mais à coups de marteau, comme la Révolution l'avait faite avec une torche, se préparait à dépécer cette royale proie, une des gloires de la France, lorsqu'une lettre adressée par M. de Calonne à la princesse de Wagram fit suspendre la vente jusqu'au cinq mars 1821. Ce délai de cinq mois devait suffire à la commission des souscripteurs pour recueillir quelques millions et se présenter aux enchères.

Cependant le projet de M. de Calonne rencontrait une violente opposition dans le ministère et parmi les libéraux du temps. Le comte Siméon, ministre de l'intérieur, fit même un rapport au Roi contre la souscription destinée à payer l'acquisition de Chambord, pendant que la faction libérale employait une plume pleine de fiel pour décréditer la commission et faire échouer ses efforts. Le nom de Paul-Louis Courrier ne s'illustra pas dans cette déloyale conspiration du libéralisme et du pouvoir. Le talent de l'ironie n'a jamais été un titre bien sérieux de gloire.

Enfin, malgré les obstacles suscités par le ministère et les machinations des libéraux, la souscription fut rapidement couverte, et le domaine de Chambord adjugé le 5 mars 1821 à M. de Calonne, *pour être fait hommage au nom de la France à Son Altesse Royale Monseigneur le duc de Bordeaux*. Le prix principal de l'adjudication s'éleva à quinze cent quarante-deux mille francs. La France entière apprit avec joie la nouvelle de cette acquisition, et les habitants de Chambord se réjouirent de voir ce domaine, son magnifique château, son parc et sa colossale fleur de lys échapper encore une fois aux destructeurs.

Par une bizarre singularité, l'acquisition de Chambord ne fut point agréable aux Tuileries. Ce fait étrange peut s'expliquer de plusieurs manières. D'abord, la souscription se rattachait à ce mouvement d'opinions royalistes, qui devait renverser le ministère du Centre-droit et faire passer le pouvoir à la Droite, représentée par M. de Villèle. Ensuite, il y avait dans la maison des princes une opposition décidée contre l'acquisition de ce domaine, parce que les personnes attachées à la Cour seraient très souvent exposées à faire un voyage de quarante lieues. D'autre part, on avait depuis longtemps inspiré au Roi certaines défiances malveillantes contre les opinions de la Droite. Le monarque ne pouvait pardonner aux royalistes la chute de M. Decazes, auquel il portait une affection presque paternelle; et le ministère Richelieu ne cherchait point à dissiper les injustes préventions de Louis XVIII, car il se sentait débordé et comprenait déjà que l'acquisition de Chambord était une manifestation nouvelle de la force des opinions qui devaient hériter du pouvoir. .

D'un autre coté, il y avait aux Tuileries, dans l'entourage des princes, comme une conspiration domestique contre Chambord. **Monsieur** lui-même, qui, politiquement, avait vu la souscription d'un œil très favorable, n'avait pu échapper à certaines influences de cour. De faux rapports avaient également trompé Madame la duchesse de Berry sur l'état de Chambord. On lui avait dit que *ce château n'était qu'un monceau de décombres;* mais elle finit bientôt par s'apercevoir qu'on l'avait indignement trompée. Dès lors elle comprit que la France avait fait au duc de Bordeaux un présent digne d'elle et de lui, et cette princesse contribua beaucoup à effacer les préventions de **Monsieur** contre cette résidence vraiment royale. Madame la duchesse de Berry sentit avec son instinct de mère que, sous ce don national, il y avait une pensée politique. C'était un lien de plus entre la France et le petit-fils de Louis XIV. La France donnait aux Bourbons, de qui elle avait tant reçu. Voici de belles paroles contenues dans l'adresse de la ville de Caen: „L'histoire „dira comment, épuisé par d'immenses bienfaits, le Roi, „qui partout relève la cabane du pauvre, fut réduit „à la noble impuissance de racheter le toit de ses „ancêtres. Elle dira aussi que vos enfants émus accou-„rurent à vos pieds, qu'alors les fidèles communes de „votre royaume sollicitèrent le bonheur de rattacher „un fleuron à la couronne des lys, et celui de placer „elles-mêmes le duc de Bordeaux dans le palais véné-„rable, où tout respire la gloire et l'honneur."

Il est donc faux d'oser dire que le ministère Richelieu voulait acheter le domaine de Chambord, au nom de la nation, pour le donner au duc de Bordeaux, puisque les principaux obstacles au projet de M. de Calonne vinrent de ce ministère même. Il est également faux de prétendre que l'opinion publique fit une très vive opposition à ce projet. Il y eut des oppositions, cela est vrai; mais elles sortirent toutes du camp libéral. Ce fut, au contraire, l'opinion publique ou la France qui donna Chambord au duc de Bordeaux. Je crois devoir ajouter que, depuis 1821, les revenus de ce royal domaine ont toujours été et sont encore intégralement distribués à de malheu reuses familles de France, sans distinction d'opinions. *Quæque ipse vidi.* Citons encore le pamphlétaire.

„Lorsqu'à la révolution de juillet 1830 , Char-
„les X déposa la couronne en faveur de son petit-fils
„et que le duc d'Angoulème eut également renoncé
„à ses prérogatives (*Vorrecht*) en faveur de son neveu,
„l'antipathie de la nation contre les Bourbons de la
„branche aînée et l'établissement d'une royauté bour-
„geoise dans la personne de Louis-Philippe eurent
„pour conséquence que le jeune duc de Bordeaux dut
„suivre sa famille dans l'exil.“

La nation, celle du moins qui n'était ni voltairienne, ni libérale, à la façon de Manuel, de Lafayette, de Lafitte (¹) et de Foy, ni républicaine comme les gens du *National*; cette nation avait si peu d'antipathie contre les Bourbons de la branche aînée qu'il y eut partout en France, au moment de la révolution, comme un deuil général. J'en appelle à tous les vieillards de ma patrie, nobles, bourgeois ou paysans, qui ont vu la douleur et la consternation des peuples, lorsque le drapeau blanc, ce glorieux drapeau de Henri IV et de Louis XIV, fut enlevé

(¹) En 1838 ou 1839, pendant une séance de la Chambre des députés, Lafitte demanda *pardon à Dieu et aux hommes* d'avoir trempé dans la révolution de 1830 et conspiré pendant quinze ans contre son Roi. Il est vrai qu'il s'était ruiné à faire le métier de conspirateur libéral. Le malheur donne quelquefois le repentir. Voir le *Moniteur officiel.*

des édifices publics et remplacé par cet autre drapeau flottant jadis sur la France, pendant que le
bourreau de la République faisait tomber la tête de
Louis XVI! Provence, Auvergne et Languedoc,
Gascogne, Poitou, Bretagne et Vendée, Francs-Com-
tois et Normands, Flamands, Lorrains et Picards, et
toi, fidèle Béarnais, vous aussi Bourguignons, sinon
tous, du moins une immense majorité, n'avez-vous
pas fêté avec enthousiasme,' en 1814 et 1815, le
retour tant désiré de vos Bourbons? N'avez-vous
pas pleuré de douleur sur la tombe du duc de
Berry? N'avez-vous pas poussé un long gémissement
du fond de votre cœur, lorsque vous avez appris
que votre Roi, renversé de son trône par des intrigants et les sociétés secrètes, vaincu par la canaille
parisienne, s'en allait vivre et mourir avec toute son
illustre race sur la terre de l'exil? N'avez-vous pas
frémi d'horreur, lorsqu'on vous a dit qu'un ordre du
lieutenant-général du royaume commandait au capitaine de frégate Thibault de couler bas le navire
portant Charles X en Angleterre, si le Roi voulaît
agir en maître et rentrer dans le port de Cherbourg?
Qui de vous oserait me dementir? Car je n'affirme
rien qui ne soit déjà écrit en vingt histoires et
consigné dans presque toutes les gazettes du temps.
Il y eut même des villes qui refusèrent pendant
plus d'un mois d'arborer le drapeau de la Révolution.
Beaucoup d'autres conservèrent le drapeau blanc
avec les vieilles archives des familles, espérant le voir
flotter un jour à la place de cet étendard, qui,
depuis quatre-vingt-deux ans, préside à tous nos mal-

heurs, comme à toutes les rébellions. C'était de la fidélité, c'était aussi de l'honneur.

En 1851, la France royaliste avait encore les mêmes sentiments. Voici ce qui se passa. A peine eut-on appris la mort de l'auguste fille de Louis XVI, (18 octobre 1851), qu'il y eut partout, et à Paris même, une émotion inattendue. Des messes furent célébrées dans toutes les églises du royaume. L'église Notre - Dame des Victoires donna le mouvement, (28 octobre), en présence d'un concours immense de fidèles. La Madeleine le suivit (6 novembre). Le service fut solennel, majestueux, digne de la France et de la fille du Roi martyr. Puis, ce mouvement de prières se propagea dans tout le royaume. Au nord, au midi, à l'est et à l'ouest, il n'y eut pas une seule ville, grande ou petite, pas un bourg, pas un village, je pourrais presque dire pas un hameau, où l'on ne priât pour le repos de l'âme, que dis-je? pour rendre hommage à la sainte fille de nos rois. On lui aurait peut-être rendu moins d'honneurs, si elle était morte aux Tuileries, dans le palais de ses illustres aïeux. Pendant plus d'un mois, les journaux contenaient chaque jour, sous le titre de *Deuil dans les départements*, un long article consacré à énumérer les lieux, où l'on avait célébré des messes pour honorer cette princesse, qui fut si grande dans le malheur et à qui la Révolution fit boire jusqu'à la lie le calice de toutes les amertumes.

Toutefois, il faut bien le reconnaître, *l'antipathie,* dont parle le *Courrier-Fremdenblatt,* existait réellement, sinon dans le cœur, du moins à la surface bruyante de la nation. Elle était dans les gazettes du libéralisme et dans les bas-fonds mystérieux des sociétés secrètes; elle était aussi dans les discours politiques des ambitieux, dans les chansons napoléoniennes de Béranger et dans les odieux pamphlets de *l'Ermite de la Chaussée d'Antin*; elle se trouvait également dans une certaine classe de la bourgeoisie parisienne, qui aime les drames politiques et applaudit toujours au spectacle d'un Roi détrôné. Ignorante bourgeoisie! Les révolutions ne lui apprennent rien; les incendies ne l'éclairent pas.

Voilà où il y avait de l'antipathie contre les Bourbons de la branche aînée; funeste antipathie, qui nous coûte deux provinces, vingt-cinq milliards de dettes, plusieurs millions de victimes, la ruine de notre industrie et un budget de deux milliards et demi. C'est payer un peu cher la haine de quelques gens et l'ambition d'une poignée d'autres. Il est vrai que, depuis 1789, nous avons fait le guerre à toute l'Europe avec des péripéties diverses et un résultat final toujours le même. L'unité militaire de l'Allemagne s'est faite contre nous; la chose italienne, stupide création des Bonapartes, nous a voué une *amitié éternelle*, mais qui par malheur ressemble beaucoup à une haine irréconciliable; l'ouvrier est devenu communiste; le communiste a brûlé Paris, et pour surcroît de malheur nous avons encore une république, véritable symbole de la tour de Babel. Ventre-saint-gris! comme disait le roi Henri IV en ses moments de mauvaise humeur; mettez donc ces gens-là aux petites-maisons. Leur antipathie nous ruine; elle nous expose à être la risée de toutes les nations. Mais poursuivons; ma tâche n'est pas encore finie.

Chemin faisant, le pamphlétaire du *Courrier-Fremdenblatt* distribue quelques épithètes communardes au duc d'Angoulème, à Charles X et à Madame la duchesse de Berry, dont *l'état personnel* . . . . . . (¹), au moment de son arrestation en France (6 novembre 1832) etc. etc. Si je n'avais pas eu un *Almanach de Gotha* sous la main, j'avoue que j'aurais peut-être imité le pudique et mystérieux auteur de l'article en question, quoique le nom de la mère de mon Roi ne mérite point une insolente réticence. J'ai donc consulté cet annuaire

-----

(¹) Ici, par pudeur sans doute, la pamphlétaire a mis des points. Victor Hugo, en des vers admirables, a flétri le juif Deutz, ce traître, ce Judas, ce vendeur de Madame la duchesse de Berry. Mais quelle épithète faut-il donner à ceux qui ont essayé de flétrir l'honneur de cette princesse, pour satisfaire les besoins de leur politique? Un juif vendit son Dieu. Il le fallait. Le mystère de la Rédemption ne se serait point accompli sans un infâme qui livrât l'auguste Victime au bourreau. Deutz a vendu sa bienfaitrice; c'est odieux. C'était la conséquence d'une révolution bien plus odieuse encore. Mais quelle nécessité y avait-il à faire outrager publiquement une princesse, qui, nouvel Henri IV, cherchait à conquérir le trône, dont son fils avait été si injustement dépouillé? Si Henri V avait été roi en 1870, il est vraisemblable que l'Alsace et la Lorraine seraient encore françaises. Les Bourbons, dans leurs guerres, gagnent des provinces; ils n'en perdent pas, même en perdant des batailles. Le crime de Deutz est infâme; mais l'outrage des autres. . . . . . .!!!

de la noblesse, et j'y ai découvert, ce que du reste je savais déjà, que Madame la duchesse de Berry avait épousé en 1831 et en secondes noces Hector, marquis de Lucchesi-Palli, Campo et Pignatelli, duc de la Grazia. C'est ce qu'on appelle dans le langage des Cours un mariage morganatique, ou un mariage de la main gauche en langage vulgaire, parce qu'on donne la main gauche au lieu de la main droite pendant la cérémonie nuptiale.

Les mariages morganatiques ne sont point rares dans le monde des princes et des rois. Je pourrais citer bien des exemples fort connus. On peut les combattre au point de vue politique. Mais est-il permis d'outrager une femme, dont le mariage est connu de tout le monde, comme il devait être connu en 1832 de ceux qui tenaient alors le pouvoir? Le pamphlétaire mériterait qu'un second Victor Hugo vint le marquer au front en quelques vers brûlants. Pour moi, je me contenterai de répondre au *Courrier-Fremdenblatt* qu'une pareille insulte est une lâcheté. Il faut du moins respecter les morts, surtout ceux qui ont passé sur cette terre en faisant le bien.

Je me vois forcé de passer sous silence une foule de petits mensonges et de petites injures, débités à propos d'une foule de petites questions. Mais une assertion à laquelle je donne ici le démenti le plus formel, c'est que le duc d'Angoulème, avant ou après la mort de Charles X, ait jamais dit à qui que ce soit, dans une conversation publique ou dans un entretien privé, que *le fils du duc de Berry* (¹) *était* **illégitime** (*unehelich*). C'est une odieuse calomnie. Je défie l'auteur de citer un seul témoin, même le témoignage authentique d'un valet. Tout le monde sait dans l'entourage du prince que le duc et Madame la duchesse d'Angoulème avaient une très grande affection pour leur neveu, qu'ils regardèrent toujours comme leur propre fils, comme un dépôt qui leur avait été confié par la Providence. Ils n'avaient qu'une seule ambition, protéger la jeunesse du prince, vivre et mourir en chrétiens (²). Et d'ailleurs, comment un noble prince, qui édifiait tout le monde par ses vertus, aurait-il pu prononcer un outrage aussi sanglant? L'énormité même de la calomnie la rend invraisemblable.

Maintenant voici venir un mensonge après une calomnie. Voltaire serait dépassé, si quelqu'un sur la terre pouvait être plus menteur. „En 1839, il lui „échut (au comte de Chambord) un héritage de plus

---

(¹) La haine cause ici une distraction singulière à l'auteur. Le duc d'Angoulème, dit-il, aurait „déclaré que le *fils de* „*Charles* X était illégitime": *Den Sohn Karls X.*

(²) Madame la duchesse d'Angoulème avait depuis long-temps une telle tendresse pour son neveu, et plus tard elle fut si fière de ses hautes qualités, qu'en 1824, ayant eu des espé-rances de maternité, elle demandait à Dieu une fille pour ne point priver le jeune prince de la couronne de France. C'est ce que la fille de Louis XVI confiait un jour à une personne de la petite cour de Kirchberg. Si le comte de Montbel vivait, il ne me démentirait pas.

„de quatre millions de thalers par la mort du duc de
„Blacas, ce qui lui permit de paraître avec un grand
„éclat extérieur." L'auteur veut sans doute ignorer
que le duc de Blacas, en mourant, laissa toute sa
fortune à ses fils. Il est vrai de dire cependant que
le château de Frohsdorf (¹) était jadis une propriété
de ce gentilhomme, qui fut durant toute sa vie comme
un symbole de fidélité; mais je me hâte d'ajouter
que le comte de Chambord le possède en vertu d'un
échange, et non en vertu d'un don fait par le duc
de Blacas. La terre de Kirchberg, située sur les fron-
tières de la Bohème et dont la valeur est plus con-
sidérable que le domaine de Frohsdorf, fut donnée
en échange de ce château. Kirchberg, ancienne propriété de la reine Marie-Antoinette, faisait partie de
l'héritage laissé par Madame la duchesse d'Angoulème au comte de Chambord. Voilà la vérité sur le
prétendu cadeau de quatre millions de thalers donnés
par le duc de Blacas.

Le bouquet de cette misérable prose dépasse en
infamie tout ce qui a jamais été publié contre le
petit-fils de Louis XIV. On dirait que l'auteur a
voulu déposer ici la bave la plus impure de son fiel.

(¹) Mot allemand qui signifie *village du bonheur.* Quelle
ironie jetée à l'exil! Ce château avait été habité sous la Restauration par la veuve de Murat. Singulière vicissitude de la
fortune! Depuis, il avait été acheté par le comte Yermoloff, et
il fut vendu en 1832 au duc de Blacas, qui l'offrit comme résidence à la famille royale, après la mort du duc d'Angoulème. L'échange n'eut lieu que plus tard.

J'ai honte de toucher publiquement à certaines im-
mondices, même avec le bout de ma plume; mais il
le faut pour démontrer jusqu'où peut aller un im-
posteur. Je traduis presque littéralement. „Le duc de
„Bordeaux a eu une jeunesse très passionnée, et il
„fut mêlé à de nombreuses aventures galantes. Son
„existence romanesque et forcée (*diese anstrengende*
„*Romantik*) a eu une conséquence non surprenante, mais
„fatale pour un aspirant au trône, l'impuissance d'avoir
„des enfants (*Kinderlosigkeit*). Si donc le miracle un
„peu singulier, mais non rare, auquel il doit lui-même
„sa naissance après la mort de son père; si ce miracle
„ne se renouvelle avec son épouse, la branche aînée
„des Bourbons s'éteindra avec lui."

Je ne répondrai que deux mots à ces lâches et infâmes paroles. Je défie l'auteur de citer une seule
aventure galante, mais authentique, dans laquelle se
soit trouvé mêlé le comte de Chambord. S'il ne cite pas
un seul nom, un seul fait, connu à Goritz, à Frohsdorf ou à Vienne, il doit être regardé comme un
misérable calomniateur, ayant un intérêt quelconque
dans ses outrages, ou bien comme le valet de quelque
insulteur qui veut rester inconnu.

Je ne suivrai pas le pamphlétaire dans ses
étranges assertions, relatives à une fusion désirable
entre les deux branches de la Maison royale de
France; je lui dirai seulement que, dans ma patrie,
un souverain n'a jamais eu le droit d'adopter un
enfant pour son successeur au trône sans le consen-

tement exprès et solennel de la nation ou de ses re-
présentants. Une pareille adoption serait donc nulle, si
elle n'était point autorisée et sanctionnée par une loi.
M. le comte de Paris, c'est à dire le duc d'Orléans (¹),
connaît trop bien les vieilles lois de la monarchie
française pour croire qu'une simple adoption lui suf-
firait pour être un jour Roi, si la renonciation de
Philippe V au trône de France doit être regardée
comme sans valeur par sa postérité. Au contraire,
si cette renonciation a toujours force de loi et même
de droit international, en vertu des divers traités
d'Utrecht, ladite adoption est parfaitement inutile :
un refus du comte de Chambord ne devrait point
empêcher la fusion. Je ne discute pas ici la valeur
de cette renonciation, je réponds à l'auteur du
pamphlet.

Les princes de la Maison d'Orléans n'ont devant
eux qu'une seule voie loyale, patriotique et sage, c'est de
reconnaître le droit du comte de Chambord et d'entrer
tout simplement en France avec le Roi, lorsqu'on
rétablira la monarchie. A coté du souverain, ils
seront bien plus près du trône que s'ils étaient des-
sus, et la funeste porte des révolutions serait ainsi
fermée pour bien longtemps, si ce n'est pour toujours. L'union fait la force. L'intrigue ne donne
jamais un droit; elle divise, elle affaiblit une nation.

(¹) Le comte de Paris est de fait et de droit duc d'Orléans
depuis la mort de son père. Je ne comprends pas bien pourquoi
Son Altesse Royale ne veut point porter ce titre, auquel cependant elle a droit, et qu'elle seule peut porter.

·C'est une intrigue ambitieuse qui a préparé de loin
tous les malheurs de la France. Une nouvelle intrigue la jetterait dans un abîme, ou la livrerait une
seconde fois aux meurtriers et aux incendiaires de
Paris, qui n'expient point tous à Versailles leurs
épouvantables forfaits.

Après avoir jeté les plus grossières insultes à
la branche aînée des Bourbons, le pamphlétaire du
Courrier-Fremdenblatt n'a pas assez d'éloges pour la
Maison d'Orléans. Cela doit paraître un peu singulier, surtout si l'on considère que deux princes de
cette Maison ont joué un très grand rôle dans nos
principales révolutions. „Elle monta sur le trône de
„France, le 9 août 1830, dit-il, après la *fuite* des
„Bourbons." Cela est vrai, dans la vérité stricte des
événements; mais, dans la philosophie de l'histoire,
c'est faux. On sait comment deux cent dix-neuf
députés sans mandats, comment une poignée de
factieux, presque tous carbonari ou francs-maçons,
prononcèrent la déchéance d'une dynastie, firent une
charte, portèrent sur le trône une dynastie nouvelle
et proclamèrent roi un simple lieutenant-général du
royaume, nommé régent pendant la minorité de
Henri V. Si la moitié d'une Chambre a de sa propre
autorité le droit de bâcler un gouvernement, *au
nom de la volonté nationale*, il n'y a plus de gouvernement possible. L'intrigue ou la force constitue
tout le droit. L'autre moitié de cette Chambre peut
donc renverser très légitimement ce que la première
moitié a établi. Cela est arrivé le 24 février

1848 et le 4 septembre 1870. Toute révolution serait donc légale et légitime, dès qu'elle aurait pour elle le droit de la force ou les gros bataillons de la *vile multitude?* Ce serait revenir à l'état sauvage, si ce n'est que dans cet état la force du droit n'est nullement connue.

Louis Philippe fut un roi de conspiration, et pas autre chose. (¹) La France le prit comme tel, mais elle ne le reconnut pas. Une conspiration représente un fait plus ou moins fâcheux, elle ne constitue jamais un droit. Le duc d'Orléans ne fit en 1830 que ce que Napoléon III a fait le 2 décembre 1851. L'un et l'autre usurpèrent un trône qui ne leur appartenait pas; un coup de main les a renversés. Ce serait de bonne guerre, si le vrai peuple ou la France ne payait pas les frais des révolutions qu'il ne fait point. Mais qu'importe à l'auteur! S'il est Français, il est peut-être assez riche pour payer sa part.

Cela dit, le thuriféraire de la Maison d'Orléans verse à pleines mains le trésor de ses parfums. Celle-ci a de *grands talents pour la plastique et les arts.* C'était la duchesse Marie de Wurtemberg. Ici, j'approuve les éloges: ils sont mérités. Celle-là, la

---

(¹) Voir dans le *Moniteur officiel* cette fameuse séance de la Chambre en 1831, où un grand nombre de députés déclarèrent publiquement qu'ils avaient joué la comédie pendant les quinze années de la Restauration. Une comédie de fidélité!

duchesse Hélène d'Orléans, avait toutes les *distinctions* de l'esprit et toutes les *vertus* du cœur. Je ne veux pas révoquer en doute toutes ces belles qualités; de ma part, ce serait au moins maladroit. Mais comment se fait-il que l'auteur n'ait pas rendu hommage aux rares vertus de Madame la comtesse de Chambord, si justement surnommée en Autriche **l'Ange de Frohsdorf?** L'encenseur a encore oublié Madame la duchesse Clémentine de Cobourg, dont il s'est contenté d'inscrire banalement le nom. Cette princesse méritait certainement un coup d'encensoir; mais elle est peut-être un peu trop cléricale.

Viennent en suite les princes. Le duc d'Orléans, fils aîné de Louis-Philippe, fut élevé comme l'enfant d'un bon bourgeois dans les *écoles publiques*, où il remporta tous les premiers prix. „Il se „distingua par ses connaissances très étendues, par „son éducation militaire, ainsi que par son humanité „et la noblesse de ses sentiments." Le thuriféraire orléaniste aurait également pu parler ainsi du comte de Chambord, qui, en fait de savoir et de nobles sentiments, fait l'étonnement et l'admiration de la petite cour de Frohsdorf. Mais c'est un Bourbon, un petit-fils de Louis XIV; il n'y a que du mal à en dire, car il ne serait pas même *capable de gagner l'épée de chevalier et les éperons d'or*, qu'on lui donna jadis à Prague. C'est l'insulteur qui parle. N'a-t-il pas été élevé par *deux* affreux *jésuites*, et un peu aussi par Latour-Maubourg, ce drapeau vivant de la France noblement troué par les balles ennemies? Quant aux autres princes de la Maison d'Orléans, l'auteur se contente de les enregistrer, comme s'il rédigeait un procès-verbal de naissance. Du reste, cela l'intéresse fort peu. Ces princes ne forment qu'un *conseil de famille*; *ils ne paraissent point directement comme des prétendants légitimes.* Pourquoi pas? Tout homme a les mêmes droits, quand le droit n'existe plus. Ne sommes-nous pas en république, une et indivisible, moins toutefois l'Alsace et la Lorraine?

Enfin, le mystérieux thuriféraire cite avec une visible complaisance le nom de M. le comte de Paris, on plutôt de M. le duc d'Orléans, et celui de son frère M. le duc de Chartres. Le premier l'intéresse surtout „comme représentant légitime des d'Orléans „dans un rétablissement de la monarchie"; le second comme le successeur **éventuel** de son frère. *Eventuel!* Pour bien comprendre ce mot, il faut savoir que le généalogiste maladroit de la Maison d'Orléans ne donne à M. le comte de Paris que des filles pour enfants. L'une, dit-il, est née le 28 septembre 1865, et l'autre (*ein zweites Töchterchen*) en 1869. La troisième est venue au monde le 13 juin de cette année; **mais** l'auteur n'en parle pas. Et que fait-il du prince Louis Philippe Robert, nè à York-House, près de Twickenham, le 6 février 1869? M. le duc de Chartres n'est donc pas *éventuellement à côté de son frère.* Voilà comment les calomniateurs écrivent l'histoire. La haine des Bourbons a tellement obscurci l'intelligence et la vue de ce vil insulteur, que, lorsqu'il est devenu thuriféraire, il n'a pas su lire dans un *Almanach de Gotha.*

Et maintenant, que faut-il penser de ce grossier fatras d'injures et d'éloges, qui soulèvent le cœur sans amuser l'esprit? Est-ce l'œuvre d'un Communard, qui a laissé sa dernière illusion sous les ruines de Paris, et prêt à troquer son drapeau rouge contre un étendard tricolore? ou bien, est-ce tout simplement l'écrit d'un Lanternier borussien, vivant de scandales par habitude ou par goût, comme certains animaux vivent par besoin dans la saleté? Je ne saurais le dire. Une chose me frappe, c'est que beaucoup de journaux autrichiens, prussiens et allemands attaquent depuis plusieurs jours le comte de Chambord avec une haine mal déguisée. On dirait un mot d'ordre venu de *Rome capitale* ou de quelque autre mystérieux bas-fond et faisant à cette heure le tour de l'Europe. Ce qu'il y a de singulier encore dans ces brutales attaques, c'est qu'elles sont toutes dirigées contre le prince français par les ennemis les plus acharnés de la religion et du pouvoir temporel. Voltaire, cet humble valet de Frédéric II, cet immonde insulteur de Dieu et de Jeanne d'Arc, aurait-il peur d'être détrôné? On pourrait le croire, en voyant une certaine quantité de reptiles juifs, protestants, librespenseurs, démocrates et libéraux se donner fraternellement la main et tenter un assaut général contre l'honneur et les droits du comte de Chambord.

Quoi qu'il en soit, que la France monarchique serre ses rangs, si elle veut être forte; et tous ces insulteurs rentreront dans la bourbe, d'où ils n'auraient jamais dû sortir. L'union des princes est toujours un devoir; mais le rétablissement de la monarchie légitime devient une nécessité, parce que c'est là une garantie d'ordre, de force et de paix. Quant à la république, elle n'a été pour la France, en 1793, en 1848 et en 1871 qu'une sanglante utopie. Sa tête est dans le pays des chimères; ses racines se perdent dans les nuages du paganisme romain. C'est un monde renversé. Le duc de Berry avait bien raison de s'écrier en mourant: „Malheureuse France!" Maintenant, je conclus et je dis: Vive le Roi! car Dieu ne saurait tromper les espérances qu'il a lui-même autorisées.

Vienne, le 29 juin 1871.

Hercule de Sauclières.

LA NAISSANCE DU DUC DE BORDEAUX.

O joie! ô triomphe! ô mystère!
Il est né l'enfant glorieux,
L'ange que promit à la terre
Un martyr partant pour les cieux!
L'avenir voilé se révèle:
Salut à la flamme nouvelle
Qui ranime l'ancien flambeau!
Heureux à ta première aurore,
O jeune Lys qui viens d'éclore,
Tendre fleur qui sors d'un tombeau.
C'est *Dieu qui l'a donné,* le Dieu de la lumière!
La cloche, balancée autour du sanctuaire
Comme aux jours du repos, y rappelle nos pas.
C'est *Dieu qui l'a donné,* le Dieu de la victoire!

Chez les vieux martyrs de la gloire,
Les canons ont tonné comme aux jours des combats.

Ce bruit si cher à ton oreille,
Joint aux voix des temples bénis,
N'a-t-il donc rien qui te réveille,
Toi qui dors à Saint-Denis?
Lève-toi! Henri doit te plaire
Au sein du berceau populaire;
Accours, ô père triomphant!
Enivre sa lèvre trompée,
Et viens voir si ta grande épée
Pèse aux mains du royal enfant.

Honneur au rejeton qui deviendra la tige!
Henri, nouveau Joas, sauvé par un prodige,
A l'ombre de l'autel croîtra vainqueur du sort;
Un jour, de ses vertus notre France embellie
    A ses sœurs, comme Cornélie,
Dira: voilà mon fils! c'est mon plus beau trésor.

    O toi! de ma pitié profonde
    Reçois l'hommage solennel,
    Humble objet des regards du monde,
    Privé du regard paternel.
    Puisses-tu, né dans la souffrance,
    Et de ta mère et de la France
    Consoler la longue douleur!
    Que le bras divin t'environne,
    Et puisse, ô Bourbon, la couronne
    Pour toi ne pas être un malheur!

Oui, souris, orphelin, aux larmes de ta mère!
Écarte, en te jouant ce crêpe funéraire
Qui voila ton berceau des couleurs du cercueil;
Chasse le noir passé qui nous attriste encore,
Sois à nos yeux comme une aurore,
Rends le jour et la joie à notre ciel en deuil.

    Ivre d'espoir, ton Roi lui-même,
    Consacrant le jour où tu nais,
    T'impose, avant le saint baptême,
    Le baptême du Béarnais.
    La veuve t'offre à l'orpheline;
    Vers toi conduit par l'héroïne,
    Ton aïeul vient en cheveux blancs;
    Et la foule bruyante et fière
    Se presse à ce Louvre où naguère,
    Muette, elle entrait à pas lents.

Guerriers, peuple, chantez; Bordeaux, lève la tête,
Cité qui, la première aux jours de la conquête
Rendue aux fleurs de lys, as proclamé ta foi!
Et toi que le martyr aux combats eût guidée,
    Sors de ta douleur, ô Vendée!
Un Roi naît pour la France, un soldat naît pour toi.

    Rattachez la nef à la rive:
    La veuve reste parmi nous,
    Et de sa patrie adoptive
    Le ciel lui semble enfin plus doux.
    L'espoir à la France l'enchaîne ;
    Aux champs où fut frappé le chêne
    Dieu fait croître un frêle roseau.
    L'amour retient l'humble colombe,
    Il faut prier sur une tombe,
    Il faut veiller sur un berceau.
    Nous, ne craignons plus les tempêtes ;
    Bravons l'horizon menaçant:
    Les forfaits qui chargeaient nos têtes
    Sont rachetés par l'innocent.
    Quand les nochers dans la tourmente
    Jadis voyaient l'onde écumante
    Entr'ouvrir leur frêle vaisseau,
    Sûrs de la clémence éternelle,
    Pour sauver la nef criminelle,
    Ils y suspendaient un berceau.

VICTOR HUGO.

ODE DE M. DE LAMARTINE.

Il est né l'enfant du miracle,
Héritier du sang d'un martyr;
Il est né d'un tardif oracle,
Il est né d'un dernier soupir!

Aux accents du bronze qui tonne,
La France s'éveille et s'étonne
Du fruit que la mort a porté :
Jeux du sort ! merveilles divines !
Ainsi fleurit sur des ruines
Un lys que l'orage a planté.

Il vient, quand les peuples, victimes
Du sommeil de leurs conducteurs,
Errent au penchant des abîmes,
Comme des troupeaux sans pasteurs.
Entre un passé qui s'évapore,
Vers un avenir qu'il ignore,
L'homme nage dans un chaos ;
Le doute égare sa boussole :
Le monde attend une parole,
La terre a besoin d'un héros !

Courage ! c'est ainsi qu'ils naissent,
C'est ainsi que, dans sa bonté,
Un Dieu les sème : ils apparaissent
Sur des jours de stérilité.
Ainsi, dans une sainte attente,
Quand des pasteurs la troupe errante
Parlait d'un Moïse nouveau ;
De la nuit déchirant le voile,
Une mystérieuse étoile
Les conduisit vers un berceau.

Sacré berceau, frêle espérance
Qu'une mère tient dans ses bras,
Déjà tu rassures la France !
Les miracles ne trompent pas.
Confiante dans son délire,
A ce berceau déjà ma lyre

Ouvre un avenir triomphant;
Et comme ces rois de l'aurore,
Un instinct, que mon âme ignore,
Me fait adorer un enfant.

Jeté sur le déclin des âges,
Il verra l'empire sans fin,
Sorti de glorieux orages,
Frémir encor de son déclin.
Mais son glaive, au champ de victoire,
Nous rappellera la mémoire
Des destins promis à Clovis,
Tant que le tronçon d'une épée,
D'un rayon de gloire frappée,
Brillerait aux mains de ses fils.

Sourd aux leçons efféminées,
Dont le siècle aime à les nourrir,
Il saura que les destinées
Font roi pour régner ou mourir;
Que des vieux héros de sa race
Le premier titre fut l'audace,
Et la premier trône un pavois;
Et qu'en vain l'humanité crie,
Le sang versé pour la patrie
Est toujours la pourpre des Rois!

Il saura qu'aux jours où nous sommes,
Pour vieillir au trône des Rois,
Il faut montrer aux yeux des hommes
Les vertus auprès de ses droits;
Qu'assis à ce degré suprême,
Il faut s'y défendre soi-même
Comme les dieux sur leurs autels,
Rappeler en tout leur image,
Et faire adorer le nuage
Qui les sépare des mortels.

Au pied du trône séculaire
Où s'assied un autre Nestor,
De la tempête populaire
Le flot calme murmure encor;
Ce juste, que le ciel contemple,
Lui montrera, par son exemple,
Comment, sur les écueils jeté,
On élève sur le rivage,
Avec les débris du naufrage,
Un temple à l'immortalité!